COCO L'ÉCUREUIL

TYPOGRAPHIE FIRMIN-DIDOT. — MESNIL (EURE).

EUG. GAYOT

COCO L'ÉCUREUIL

SUIVI DE

LOIRS ET LÉROTS

OUVRAGE ORNÉ DE 14 GRAVURES

PARIS

LIBRAIRIE DE FIRMIN-DIDOT ET Cⁱᵉ

IMPRIMEURS DE L'INSTITUT, RUE JACOB, 56

1889

COCO L'ÉCUREUIL

Je me souviens d'un charmant écureuil, qui était le favori de ma mère; on l'appelait *Coco*.

Mais, avant de parler de ses faits et gestes, il n'est pas inutile que je dise quelques mots de sa famille.

Nombreuse est la famille de l'écureuil. Il y en a de bien des sortes, une centaine d'espèces bien diverses.

Une simple observation à ce sujet : elle portera seulement sur la différence de taille, dont la gradation, presque insensible, s'étend, comme extrêmes, du chat au rat ordinaire, en passant par tous les intermédiaires de l'échelle. Je restreindrai, ou à peu près, à l'histoire de l'écureuil vulgaire (en latin, *Sciurus vulgaris*), qui est le nôtre, l'histoire du groupe entier, si intéressant qu'il soit d'ailleurs en son ensemble.

Notre écureuil est un joli petit animal. De physionomie avenante, il s'apprivoise volontiers et n'exhale aucune odeur incommode; je ne parle pas de celle de son urine. Ce n'est point un carnassier nuisible. Bien qu'à l'occasion il croque sans trop de façon les petits oiseaux qui se laissent prendre à son habileté de chasseur, ce n'est là qu'une rareté, un extra, un acte de gourmandise passagère. Toutes les espèces ont à payer tribut à l'ennemi ou aux voisins. Si les oiseaux des forêts n'en supportaient pas de plus lourd que celui-ci, ils seraient sûrement fort heureux et vivraient paisiblement à l'abri des grands chagrins causés par de fréquents sinistres.

Donc l'écureuil, profitant de l'occasion, plus qu'il ne cède peut-être à la faim, mange parfois des oiseaux. Je ne veux pas rééditer à son intention cette flagornerie, un peu trop basse :

> Vous leur fîtes, seigneur,
> En les croquant beaucoup d'honneur.

Non; mais je constate qu'il n'est pas pour eux un ravageur de profession. Ceux qu'il détruit en petit nombre n'occasionnent pas un grand vide, à la condition pourtant, je me hâte de faire cette réserve, que ses chasses soient contenues dans de sages limites. Dans le cas contraire, en effet, où la multiplication de l'écureuil, par trop favorisée, ferait déborder les générations, l'équilibre serait rompu au détriment des oiseaux, car de petites destructions, multipliées à l'infini, formeraient bientôt un total considérable, et prendraient les proportions d'un fléau.

L'oiseau, disons-le en passant, n'est pas seulement le joyau de la nature, c'est un don de Dieu, don d'une haute utilité. Or, ne pas laisser entière à l'oiseau la place qu'il doit occuper parmi nous serait une faute immense, dont bientôt nous porterions la peine. Mais les populations trop nombreuses de ce quadrupède ont d'autres inconvénients; je les dirai un peu plus loin. Léger et gracieux dans tous ses mouvements, l'écureuil se laisse volontiers manier et caresser. Les attouchements n'ont rien qui lui déplaise. Malgré cela, on prétend qu'il marque peu de préférence pour les

Fig. 1. — Coco l'écureuil.

personnes qui le soignent le plus habituellement, et qu'il n'est pas susceptible d'un
attachement véritable. C'est un peu jouer
sur les mots. A supposer qu'il n'aime pas
son prochain comme soi-même, il est certain que l'écureuil, autant qu'autre animal,
reconnaît à merveille ceux qui s'occupent
de lui sous le rapport de son bien-être et
qu'il accourt à leur voix. On en fait presque un animal domestique, et il répond à
l'appel du nom auquel on l'a accoutumé.

Il en est peut-être autrement de ceux
auxquels on se contente de donner le vivre
et le couvert, de ceux qu'on entretient pour
satisfaire une simple fantaisie; mais ceux
qui sont une sorte de compagnie, une
manière de distraction journalière, ceux
que l'on entretient avec amour et sur lesquels se concentrent des attentions suivies,
ceux-là s'apprivoisent et se familiarisent,

ceux-là reconnaissent la main qui les choie, et témoignent sinon de leur reconnaissance, au moins de la satisfaction, égoïste si l'on veut, qu'ils éprouvent à recevoir bonne nourriture et soins renouvelés.

Conformé pour grimper et pour passer sa vie sur le sommet des arbres les plus élevés, l'écureuil ne se trouve pourtant pas trop mal de la captivité; il vit dans nos habitations comme s'il en était le familier, sans exiger aucune précaution particulière. Il faut ajouter bien vite qu'au contact de la domesticité, il périt le plus souvent d'une maladie de la moëlle épinière, affection inconnue sans doute parmi ses pareils restés libres.

Ceci m'amène à dire, sans plus attendre, que l'écureuil n'est pas l'hôte des bois les plus rapprochés mais les plus éloignés de la demeure habituelle de l'homme.

Dans les deux situations, le genre de vie est bien autre, non dans le mode d'alimentation, mais pour tout le reste. Libre, il se nourrit, et captif, on le nourrit de même de matières végétales, principalement de graines et de fruits secs. Voilà pour l'ordinaire.

J'ai dit qu'à l'occasion il ne se détournerait pas pour dévorer un oiseau, voire une nichée en herbe, car le sybarite n'hésite point à sucer des œufs frais pondus. Que voulez-vous? c'est si délicat! En état de captivité, cette friandise lui manque; je ne sache pas qu'on pousse la complaisance jusqu'à lui en servir, mais il vit fort bien sans cela, à moins que, lui laissant ou lui donnant toute facilité de grimper contre la façade des maisons, il ne réussisse à atteindre un nid placé sous l'avance du toit. Alors, usant de son aptitude première et principale, il sort avec bonheur par la fenêtre ou par la porte, et monte lestement au plus haut. Il prend plaisir à ces exercices, qui ne rappellent que bien imparfaitement ceux auxquels il se soumet de lui-même dans les bois.

Il approche des oiseaux, a écrit Buffon : comme eux, il demeure sur la cime des arbres, parcourt les forêts en sautant de l'un à l'autre, et ne descend que lorsque la violence des vents l'y oblige. Les lieux découverts, les pays de plaine lui conviennent peu, il ne s'y établit point. Il ne reste même pas dans les taillis; il lui faut des bois de hauteur, il donne la préférence aux vieux arbres des plus belles futaies. La préférence a ses inconvénients. En effet, ces exercices de voltige auxquels il se livre à l'habitude, par besoin de se tenir toujours en état complet d'entraînement, comme

tout bon gymnaste, font qu'au printemps,
et pendant toute la saison de la végétation,
il va brisant toutes les jeunes pousses, et

Fig. 2. — L'écureuil brun.

porte de mortelles atteintes à la prospérité
de la forêt.

Que les écureuils y soient en petit nombre,
le dommage passera inaperçu, mais s'ils

sont là en populations pressées, ce sera un désastre. Les arbres, autant que l'oiseau, ont à subir certaines avaries, mais autrement considérable est le tort que cause à l'ensemble de la forêt la destruction, le bris du très grand nombre des pousses tendres de l'année. Or, là où sa multiplication n'est pas contenue, il pullule et se trouve bientôt en troupes considérables.

En notre pays, on ne voit guère l'écureuil sortir des bois; ce n'est pas à coup sûr par horreur des champs et de la plaine, c'est parce qu'il ne trouve, en dehors de la forêt, aucun attrait capable de lui faire oublier momentanément ses grands arbres. Mais que cet attrait se révèle, et tout aussitôt il quitte les bois pour se promener à distance et ravager, à son profit, les cultures qui lui fournissent la bonne aubaine d'une alimentation nouvelle, choisie et succulente.

C'est ce qui est arrivé aux États-Unis (Pensylvanie et Virginie) depuis qu'on s'y est livré à la culture généralisée du maïs, dont la sève sucrée offre aux écureuils un régal tout à fait de leur goût. Quand la plante est épiée, ils grimpent sur les épis, les coupent en deux et en mangent le suc. Dans ces circonstances, qui apportent à l'espèce un surcroît de nourriture, la fécondité devient plus active, les portées réussissent mieux, et le chiffre de la population augmente outre mesure : c'est la loi universelle.

La réduction du nombre, la diminution considérable des individus sont alors un impérieux besoin, sous peine de voir les fruits de la terre, fertilisée par le travail de l'homme, passer, pour la plus grande part, à l'alimentation des-parasites ou des ennemis.

COCO L'ÉCUREUIL.

On a conservé en Amérique le souvenir d'immenses destructions de la variété connue sous le nom de *petit-gris*. Vers 1749, celui-ci s'était propagé en telle abondance, et causait de tels préjudices aux récoltes, que le gouvernement colonial d'alors dut mettre à prix sa tête. Les primes payées cette année-là montèrent à 8,000 livres sterling (200,000 fr.); c'était une grosse somme pour l'époque. Fixée à 6 sous par tête, la prime avait donc été touchée pour 1,280,000 animaux. Sous l'influence de chasses aussi actives, les populations rentrent vite dans les nombres modérés; ce qui arriva. Le trésor public n'eut pas à supporter long-temps cette dépense insolite.

Ce fait, qui n'est pas isolé dans l'histoire de l'espèce, s'inscrit en faux contre cette assertion de Buffon : par l'innocence de ses mœurs, l'écureuil mériterait d'être

épargné; il n'est ni carnassier ni nuisible.
Non, il ne nuit pas lorsqu'il existe en petit

Fig. 3. — Écureuil de la Californie.

nombre; mais, au delà de certaines limites,
il devient une calamité publique.

Il en est ainsi de tout ce qui a vie. L'exu-
bérance outrée, l'excès plutôt, est toujours
un mal, dont les effets peuvent atteindre

à de colossales proportions. Il est bon de prévoir ce résultat, car il est immanquable, et d'en prévenir les dommages lors de ses premières manifestations.

Buffon avait un faible pour l'écureuil; aussi en a-t-il gracieusement parlé :

« Il est propre, leste, vif, dit-il, très alerte, très éveillé, très industrieux; il a les yeux pleins de feu, la physionomie fine, le corps nerveux, les membres dispos, sa jolie figure est encore rehaussée, parée par une belle queue en forme de panache, qu'il relève jusque dessus sa tête, et sous laquelle il se met à l'ombre. Il se tient ordinairement assis presque debout, et se sert de ses pieds de devant, comme d'une main, pour porter à sa bouche. Au lieu de se cacher sous terre, il est toujours en l'air; il approche des oiseaux par sa légèreté. »

Ceci est parfaitement exact pour toutes les espèces bien connues. On assure cependant, que certaines espèces américaines se creusent dans la terre des retraites, où elles se réfugient et demeurent. Toutes les autres se construisent, vers la cîme des grands arbres, un nid sphérique ou bauge, formée de petites branches, de feuilles et de mousse; c'est là qu'elles se retirent.

Habitant des bois, l'écureuil compose son menu de fruits sauvages, d'amandes, de noisettes, de faines, de glands. Il mange aussi les fleurs des arbres, et par là s'oppose à la fructification large et productive. Il a l'instinct de prévoyance à un très haut degré : en temps utile, il fait des provisions pour la morte saison.

Il a des magasins en ville : suivant en cela les conseils de la sagesse, il ne met pas tous ses œufs dans le même panier.

Il parcourt son domaine, découvre les bons endroits et dépose le produit de sa récolte dans les troncs creux, dans les fentes bien placées ou commodes des vieux arbres. Quand il s'agira de les retrouver, la mémoire ne lui fera pas défaut, il ne les cherchera pas longtemps; ses cachettes lui demeurent toutes bien connues; il y va à coup sûr.

Aimant à bien vivre, il varie beaucoup son alimentation et choisit bien. Longue est la liste de toutes les choses qui lui plaisent. Celui qui habite près des bois dont il fait sa résidence ne récolte ni noix, ni noisettes, ni amandes, ni châtaignes; il prend les devants et enlève tout avant la maturité complète. Quand on arrive pour procéder à la récolte, on trouve les arbres presque dépouillés.

Dans les sapinières, les cônes des pins ma-

ritimes constituent un revenu. Les cônes
sont déchiquetés, brisés, et les graines man-

Fig. 4. — Écureuil d'Hudson.

gées quand le bois est encore tendre, long-
temps avant qu'on songe à la récolte.
A ceux qui ont l'habitude de faire des
boissons avec des fruits sauvages il joue le

même tour, en prélevant une large prime sur la future cueillette des poires et des pommes. Observez-le quand il les attaque, et vous le verrez coupant les fruits en deux ou trois morceaux, pour avoir seulement les pepins.

Au printemps, c'est à la recherche des œufs d'oiseau qu'il se livre, et un peu plus tard à celle des oisillons eux-mêmes.

Faire des approvisionnements et les bien cacher est un trait de mœurs caractéristique chez le petit animal, car l'instinct de prévoyance se manifeste jusque dans la domesticité, même chez les sujets qui sont le plus abondamment nourris. En effet, tous prélèvent sur chaque distribution une part quelconque, qu'ils vont soustraire aux yeux en un coin aussi reculé que possible.

L'écureuil, du reste, agit de même pour son habitation. Est-ce ruse ou méfiance? Je ne sais ; mais il établit plusieurs nids à des distances variables et assez grandes les unes des autres ; et la mère, sans aucun motif d'inquiétude apparent, change souvent ses petits de domicile. Elle les transporte dans sa gueule, à la manière de la chatte.

C'est, d'ailleurs, un exercice qui lui est familier ; de bonne heure, le matin, au lever du soleil, elle les descend l'un après l'autre sur la mousse, et les fait jouer, tout en veillant sur eux. Que si elle est surprise dans cette douce occupation, son parti est bientôt pris : elle en saisit un et le porte, non dans le nid, ce serait trop long, mais seulement jusqu'à l'enfourchure d'une grosse branche, où elle le cache de son mieux, en lui recommandant de se tenir coi, de ne pas se montrer ; puis elle revient chercher les autres un à un, pour les mettre tous en sûreté. Elle se dérobe à son tour, en

se postant de façon à pouvoir tout ob-
server.

On connaît, à cet égard, les manières de
l'écureuil : il se tient toujours, contre l'arbre qui l'abrite, au côté opposé à celui d'où
part la menace; il tourne autour en mon-
tant, et en raison des exigences du moment,
sans se démasquer jamais. Parvenu à une
enfourchure favorable, il s'y blottit et demeure invisible. Aussi est-il très difficile à
tuer au fusil, à moins que les chasseurs ne se
réunissent par deux, auquel cas le petit animal est fort compromis et a tout à craindre
de l'adresse des tireurs.

Le raisonnement conduit l'homme à ne
pas chasser seul à seul l'écureuil, mais celui-
ci fait-il montre d'instinct seulement dans
sa manière de fuir et de se soustraire aux
atteintes de l'ennemi? S'il ne donne pas une
preuve d'intelligence, c'est que l'instinct est

tout simplement au niveau de cette faculté supérieure.

C'est moins pour sa chair, qui est man-

Fig. 5. — Écureuil aux pieds roux.

geable cependant, que pour sa fourrure, qu'on fait la chasse à l'écureuil. Mais cette fourrure n'acquiert pas la même valeur en tous lieux, il s'en faut, ni dans toutes les espèces. La fourrure du petit-gris est plus ou moins recherchée pour la pelleterie commune; à celle de l'écureuil commun, le nôtre, on n'attache presque aucun prix. Du reste, l'animal subit la mue au sortir de l'hiver. Le poil de la queue sert à faire des pinceaux.

Douce et soyeuse est la robe, mais très variable par la nature des poils, qui reste sous l'influence des climats. La coloration en est toujours sombre, quoique agréablement disposée dans beaucoup d'espèces. Les pelages gris appartiennent plus aux variétés des contrées septentrionales et des régions élevées, les variétés rousses à celles des pays méridionaux.

La plus connue de celles-ci, ou la plus commune en France, est d'un beau roux très vif chez les adultes, plus foncé en pleine saison qu'à la fin de l'hiver. C'est qu'alors l'habit est vieux, usé par le temps et les vicissitudes de la saison. Aussi, dès que poindra le renouveau, l'animal se dépouillera pour se remettre sous une autre fourrure et pour reparaître à nos yeux tout flambant neuf, afin de faire fête au soleil.

Un intérêt spécial s'attachant à la variété nommée *petit-gris*, émanation directe et toute prochaine de notre écureuil commun, je dirai un mot de son manteau. La nuance générale en est gris clair avec un peu de roussâtre sur les joues; les pinceaux des oreilles sont roux. A relever toutes les particularités de cette robe, je ne finirais pas, car les variations se multiplient ou changent non seulement avec l'âge, mais encore suivant les saisons. J'abrégerai en disant que le véritable petit-gris, recherché par les fourreurs, n'est tué qu'en hiver, c'est-à-dire lorsque la fourrure, d'un gris cendré, est piquetée de blanchâtre, chaque poil étant marqué d'anneaux, alternativement gris de souris et gris blanchâtre.

Les *petits-gris* sont classés en *petit-gris blanc*, le gris mêlé de fauve est dominant; en *petit-gris commun*, le dos est presque fauve et les côtés gris; en *petit-gris bleu*, dont le cendré est bleuâtre; et enfin en *petit-gris noir*, la queue de ce dernier est noire. Les peaux envoyées de Sibérie sont les plus estimées.

J'ai parlé de la queue de l'écureuil en forme de panache; elle est longue, garnie de poils magnifiques, disposés sur deux rangs comme les barbes d'une plume. Elle est son plus bel ornement, et il en est fier en dehors du temps de la mue, traversée pénible pour la coquetterie, car alors l'organe est veuf de ces longs poils qui le font si touffu et si riche, et qui ajoutent, tout en la

Fig. 6. — Écureuil à raie dorsale.

complétant, à la beauté de l'animal. Elle a donné lieu à des fables, fort accréditées par les naturalistes anciens, jusques et y compris notre illustre Buffon.

Les petits-gris voyagent en troupes, a-t-on dit; c'est possible, bien qu'en général les écureuils se montrent plus sédentaires que nomades; mais on ajoute, et ceci est de trop : pour passer les rivières, ils s'embarquent sur des morceaux d'écorce qui leur servent de bateaux, et ceux-ci ils les gouvernent, en traversant le courant, au moyen de leur queue, étalée au vent comme une voile. C'est peut-être agréablement trouvé, mais ce n'est point vrai. Pour que la queue de l'écureuil pût en pareille occurrence faire office de gouvernail, il faudrait qu'il ne craignît point l'eau et y entrât au moins quelquefois, ce qui n'arrive jamais.

Si, par aventure, sa queue lui sert à se

gouverner, ce n'est pas lorsqu'il traverse les eaux mais les airs, quand il exécute ces bonds prodigieux qui le portent d'un arbré à un autre, à douze et quinze pas de distance. Elle ne lui tient pas lieu davantage de parachute, comme on l'a prétendu, car, placée à la partie postérieure du corps dans une chute, elle lui ferait faire plutôt la culbute, et il tomberait sur la tête.

Cependant, elle n'est pas seulement une parure; elle a aussi son utilité. L'écureuil aime à se soustraire aux ardeurs du soleil; à l'occasion, je l'ai déjà dit, il se met à l'ombre sous le panache étalé de sa queue. Par ailleurs, il se tient souvent debout, et c'est notamment dans cette posture qu'il mange. Eh bien, la queue sert de point d'appui au corps lorsque l'animal prend cette posture.

Sa voix est éclatante et perçante parfois. En quelles circonstances? Je ne sais; mais je connais son murmure à bouche fermée, ce petit grognement particulier par lequel il exprime son mécontentement chaque fois qu'on l'irrite. Trop léger pour marcher, suivant Buffon, il va par petits sauts ou par bonds. Il dort paisiblement, la nuit, dans sa bauge, pendant la mauvaise saison; mais, craignant les ardentes caresses du soleil, pendant les grandes chaleurs, il fait volontiers alors un peu de la nuit le jour.

En effet, pendant les belles nuits d'été, les amis et connaissances, s'appelant et causant très haut entre eux, crient en courant sur les arbres les uns après les autres. C'est leur manière de s'ébattre, leur façon de jouer aux barres. Retirés chez eux dans le jour, ils sortent au soir pour se dégourdir les membres, faire assaut de vigueur et de souplesse, se récréer, manger. Ils se montrent d'une extrême tendresse pour leur moitié; mâle et femelle font ensemble très bon ménage.

Il se pourrait que, dans le nombre, quelques-uns fussent moins heureux, car j'ai connu des écureuils d'humeurs bien différentes, de caractères bien opposés. J'en ai vu de sauvages et de familiers, de gais et de sérieux, de doux et de méchants, d'obéissants et de volontaires ou capricieux; mais tous ceux-là, violemment soustraits à l'état de nature, subissaient par contrainte, dans l'isolement, une condition qui n'était pas toujours de leur goût.

Ah! le contact de l'homme ne suffit pas toujours à rendre bons les mauvais, soumis les indociles; d'aucuns même prétendent, mais ceci est d'une méchanceté noire sinon de pure invention, que maints reproches fondés à faire à beaucoup d'animaux domestiques ne sont qu'une *déteinte* des défauts ou des vices du maître sur l'esclave. Lais-

Fig. 7. — Une bonne partie.

sons là ce sujet, qui n'est du reste ni bien neuf ni très consolant.

La femelle donne ordinairement trois ou quatre petits, qu'elle met au monde entre mai et juin. Elle les allaite avec joie et s'occupe avec bonheur de leur éducation première; elle en fait des grimpeurs infatigables, des sauteurs agiles et puissants, et eux, les chers élèves, fidèles aux traditions de l'espèce, ils en retiennent les beautés et les aptitudes.

Je n'ai pas assez insisté sur la demeure de l'écureuil, dont la construction et l'arrangement révèlent une industrie attentive et soigneuse.

Le petit animal s'aime et se respecte. Il se loge confortablement et tient avec une propreté extrême ce qu'on a, un peu irrévérencieusement, appelé sa *bauge*.

Le plus souvent, je le répète, c'est à l'enfourchure d'un bel arbre, de l'un des rois de la forêt, qu'il l'établit. L'opération commence par un transport de matériaux. Le travail s'exécute joyeusement, comme une partie de plaisir : les sauts, les bonds se succèdent avec une agilité, un entrain qui sentent la bonne humeur et la satisfaction. Dès qu'il a réuni les bûchettes jugées nécessaires, l'ouvrier les choisit en les démêlant, puis les place artistement et les entrelace en fermant les vides avec de la mousse.

Tout cela est convenablement serré, pressé, foulé; rien n'est épargné, mais aussi rien n'y manquera. Le nid aura capacité suffisante et grande solidité; on veut y être à l'aise et en sûreté, soi et les siens. Une future maman oublie-t-elle jamais les besoins de la famille? Il faut une ouverture à cet appartement : elle est supérieure et judicieusement calculée, quant aux dimensions. On la fait plus étroite que large; on est adroit, on est exact dans tous ses mouvements. Ceci a son avantage, car alors on n'a pas la crainte de se blesser au passage.

Ainsi béant par le haut, le domicile ne reste exposé à aucune des injures du temps; ni la pluie ni la neige ne doivent y pénétrer. Le prévoyant animal a prévenu les graves inconvénients qui résulteraient d'un tel état de choses; il complète son œuvre en établissant, au-dessus de l'ouverture, une marquise en cône, qui abrite l'édifice et ses habitants. La pluie s'écoule par les côtés, à distance, et le vent n'en chasse pas une goutte à l'intérieur.

C'est au livre de la nature que l'écureuil a appris les moyens de se garantir de l'intempérie; c'est dans ses pages éloquentes qu'il a puisé les principes les plus élémentaires de l'hygiène, une science bien peu connue, hélas! parmi les hommes, qui, alors même qu'ils ne l'ignorent pas absolument, n'en observent en réalité les prescriptions qu'à demi ou à leur corps défendant. Je n'écris pas ceci à l'éloge de l'humaine espèce.

Un dernier mot à présent sur les individus que la fantaisie réduit non en domesticité, ainsi que l'écrivent si volontiers les naturalistes, mais en un triste et dur esclavage. Un écureuil enlevé à sa chère liberté n'est pas plus un animal domestique que le chardonneret ou la fauvette qu'on retient en cage. C'est un captif, une manière de forçat enchaîné, dont on trompe l'activité en lui offrant les moyens d'agir, de dépenser comme une machine sa force musculaire.

Je vois encore l'écureuil qui a appartenu à ma mère, et qu'elle avait nommé *Coco*.

Celui-ci fut heureux entre tous, autant qu'on puisse l'être dans la dépendance, bien

entendu. Il ne recevait que des aliments de
choix et il en avait en abondance; il avait
pour demeure une cabane toujours ouverte

Fig. 8. — L'écureuil commun.

et commode, attenant à une cage tournante,
à l'un de ces tourniquets spéciaux imaginés
pour ses pareils, et dans lesquels il s'use au
tambour en le faisant tourner à vide, et sans

produire plus de résultat que n'en donne la toupie la plus violemment animée.

Il connaissait bien sa maîtresse; il en recevait joyeusement la nourriture et les soins. Comme tous ceux qui l'approchaient, il était sous le charme de sa voix et de son doux regard; elle pouvait le prendre et le caresser à son aise; ses attouchements lui étaient agréables; loin de s'y soustraire, il s'y complaisait. Il venait à son appel, où qu'il fût, dans l'appartement ou sur le toit. Il avait au cou un joli collier, pourvu d'un grelot et tenant, par un bout, à une grosse pelote de ficelle, fixée à sa cabane. Grâce à ce lien, on était toujours sûr de le retrouver, mais grâce à lui aussi il se livrait à de fréquentes excursions.

« Voyez, nous disait l'intelligente maîtresse, voyez comme, en dépit de sa grâce, de sa gentillesse, de sa vigueur et de son agilité, Coco est presque maladroit à marcher. Ce n'est pas pour cela, mes enfants, qu'il a été créé et mis au monde; par contre, il est bien habile à grimper et à sauter! »

Aussi, ne pouvant lui permettre de s'essayer à bondir d'arbre en arbre dans le verger, elle avait voulu au moins lui laisser toute facilité d'aller et venir, de se promener en se jouant de bas en haut et de haut en bas sur toute la façade de cette jolie maison à deux étages qu'elle possédait, au centre d'un beau village, entre cour et jardin. Et le petit faisait fête à la liberté octroyée.

Quel plaisir de le suivre dans ses hardis voyages! et nous n'y manquions pas. Mais l'espiègle s'égarait volontiers sur le toit, ou du moins nous le supposions perdu quand il disparaissait à nos yeux. Alors, nous jetions des cris de paon, et nous suppliions la complaisante et bonne mère de le rappeler.

Cédant à nos instances, elle mettait la tête à la fenêtre et, d'une intonation douce et harmonieuse, elle jetait au ciel, en nous le faisant aimer, ce nom si dur et si vulgaire : « Coco ! Coco, mon ami, venez trouver maîtresse. » Et Coco d'accourir prestement. Nous le recevions par des acclamations bruyantes, qui lui plaisaient peu, je suppose, car si nous faisions mine de le caresser, il nous montrait quelque colère et témoignait de son impatience par ce grognement sourd, à bouche fermée, dont j'ai déjà parlé.

Plus entreprenant, ou moins sage et plus taquin que les autres, je ne tins pas assez compte, un jour, de l'avertissement qu'il nous donnait de le laisser en repos, et il m'en a cui. Approchant la main pour toucher et caresser, je fus mordu au sang. Maîtresse gronda ; mais le mal était fait. En se laissant caresser par elle, après cette méchante action, ma petite sœur crut levée la défense, et essaya timidement d'un nouvel attouchement. L'irritation reparut aussitôt, et la me-

Fig. 9. — Écureuil à large queue.

nace eût été promptement suivie de son effet. Jamais Coco n'a consenti à recevoir de caresses que de sa maîtresse.

Comme ses pareils, Coco était d'une

grande propreté; il ne se serait permis de déposer aucune ordure dans sa cabane; il avait pris la bonne habitude de se vider dehors, et pour cela demandait à sortir presque aussi intelligiblement que le chien. Aimable attention de sa part, car les urines de l'animal ne sentent pas la rose.

Nous aimions à lui voir faire sa toilette. Il y procédait régulièrement, avec de gentilles façons. C'était d'un bon exemple à qui en avait besoin; mais cela donna peut-être un peu d'exagération à ma sœur, et, très vite avant l'âge, je le crois bien, s'y mêla un grain de coquetterie qu'il fallut surveiller. Coco lissait les poils de sa robe, qu'il entretenait lustrée, luisante, en se léchant adroitement, en se peignant avec ses ongles ou en passant ses pattes dessus dans le bon sens. Ce fut lui qui apprit à ma sœur à peigner sa magnifique chevelure, à

pommader et à lisser des bandeaux splen-
dides, naguère un peu rebelles aux soins
maternels.

Coco nettoyait ses pattes : pour celles de
devant, l'opération était particulièrement in-
téressante et curieuse. En effet, il soutenait
toujours l'une avec l'autre, et les changeait
alternativement de position avec une re-
marquable prestesse, faisant comme s'il s'é-
tait frotté les mains.

Notre mère était musicienne jusque dans
la moëlle des os; c'était l'harmonie in-
carnée. Elle chantait à ravir, et son chant
mélodieux ravissait; elle jouait du piano
comme peu d'artistes en renom savent en
jouer. Est-ce tout cela qui avait autant per-
fectionné la danse de Coco dans sa cage?
Je ne sais, mais il est certain qu'il allait
fort bien en mesure et qu'il observait dans
ses mouvements la cadence la plus régu-

lière ; il n'en changeait jamais, chose étrange, qu'après un intervalle de repos très marqué. Pour mon compte, je m'attendais toujours à l'entendre chanter après sa maîtresse.

Dans notre petite jeunesse, nous avions beaucoup de peine à nous tenir à table suivant les principes édictés par la civilité puérile et honnête. On nous faisait un peu honte en nous forçant à remarquer et à admirer la tenue irréprochable, la pose brillante et gracieuse que prenait habituellement Coco, lorsqu'on se disposait à manger. Que de fois nous l'avons vu à demi assis sur ses talons, les pattes de devant pendantes, le dos arqué à la hauteur des épaules et la queue élégamment relevée sur la tête, saisissant la nourriture pour la porter proprement à sa bouche, la retourner et l'éplucher, au besoin, avec aisance et facilité, au moyen de ses jolies pattes, manœuvrant aussi habile-

ment que des mains! Nous étions quelque
peu humiliés d'apprendre qu'en tout cela il
eût plus grand air et meilleure façon que

Fig. 40. — L'écureuil fossoyeur.

nous; mais, en nous le disant, je crois bien
qu'on n'avait pas tout à fait tort.

Je n'en finirais pas si je voulais rappeler
tous mes souvenirs sur Coco. Il était à tout

propos l'occasion de petites leçons morales et d'enseignements variés, qui ont eu leur portée plus ou moins profitable. Coco n'était qu'un prétexte, et vraiment on nous le mettait à toute sauce.

On nous parlait beaucoup aussi de ses voisins zoologiques, par exemple, de l'*écureuil fossoyeur* et de celui qui habite, en diverses régions, les forêts de palmiers.

Le premier, qui vit au Sénégal, a la réputation de creuser sa bauge dans le sol. Le second, qu'on a plus spécialement étudié sur la côte de Malabar et dans l'île de Ceylan, est représenté comme n'ayant besoin que du cocotier. Avec le lait des jeunes cocos, nous disait-on, il étanche sa soif; il se nourrit de l'amande des fruits arrivés à maturité, et, avec la bourse qui recouvre leur coquille, il construit son nid.

Partant de là, on nous faisait apprendre,

sans trop de fatigue, et la géographie et l'histoire naturelle. Avec un peu de bon vouloir, en effet, on va loin en touchant, au passage, à tout ce qui vient au-devant de vous à mesure que l'on avance. C'est ainsi que, à l'occasion de ce que mange parfois l'écureuil, on nous disait que lui aussi est chassé pour être dévoré par d'autres animaux, avec lesquels tout aussitôt nous faisions connaissance : les serpents, les petites espèces du genre chat, et peut-être aussi quelques grandes espèces d'oiseaux de proie.

Mais nous étions particulièrement terrifiés lorsqu'on nous assurait que la vue seule des serpents causait à notre petit animal un effroi si profond, qu'il perdait la force et jusqu'à la volonté de fuir, car souvent il se laissait tomber dans la gueule du reptile. Et l'on nous expliquait qu'en cela consiste le charme exercé par les ophidiens, lequel est vraiment étrange.

A ce récit, nous restions nous-mêmes frappés de stupeur.

Il y avait bien un peu de partialité dans tout le bien qu'on nous disait de l'écureuil, car on passait sous silence les méfaits de Coco. On ne nous parlait jamais, par exemple, des déchirures qu'il faisait au papier de la chambre, des dégradations multipliées, incessamment renouvelées, des meubles; on ne nous laissait même pas soupçonner que les propriétaires forestiers rangent avec raison l'espèce parmi celles qu'il est prudent de ne pas trop laisser se multiplier. Il faut qu'elle vive, en effet, et j'ai dit déjà de quoi se compose son alimentation.

L'écureuil est très friand de graines et de toutes les semences enfermées dans les cosses; il les extrait avec une grande dextérité en tordant les écailles. A défaut d'autre nourriture, il ronge les jeunes semis de pins et de sapins. En temps de neige, il attaque les pousses terminales des arbres verts. Plus tard, il montre sa prédilection pour le hêtre, dont il dévore les feuilles des jeunes plants, à mesure qu'elles se montrent.

Tout cela le recommande peu et fait, au contraire, redouter ses populations croissantes. On dit que, pour en réprimer le nombre en Sibérie, on les prend avec des trappes dans lesquelles on met pour appât un morceau de poisson fumé. On tendrait ces trappes à la bifurcation des arbres, point que visite volontiers l'animal et où il stationne le plus ordinairement.

L'écureuil a des amis auxquels mon appréciation fera jeter les hauts cris. Il ne faut pas être partial, mais sincère. Fermer les yeux à l'évidence est un mauvais moyen pour voir clair et pour juger avec équité.

Je suis avec vous protecteur de l'écureuil, lorsque vous vous apitoyez sur le triste sort de celui qu'on retient en cage, et qui, nouveau Sisyphe, fait inutilement tourner cette roue en fil de fer que vous savez. C'est là un spectacle peu intéressant, qui témoigne de plus de dureté de cœur que de compassion chez le maître. Je répéterai même volontiers qu'étaler ainsi la misère du pauvre prisonnier, c'est presque préconiser le travail stérile aux yeux de bien des gens, dont l'attention pourrait être utilement appelée dans une tout autre direction.

D'autre part, je vous trouve par trop indulgent lorsque vous ne voulez pas qu'on trouble « ces innocentes bêtes » lorsque, en votre lieu et en votre place, elles viennent faire leurs provisions sur les noyers du

Fig. 11. — Chasse à l'écureuil.

verger paternel. Vous voulez que tout le monde vive, fort bien; mais si vous-même vous deviez vivre du produit de vos noyers, pourriez-vous l'abandonner ainsi aux pillards sans essayer de vous garantir efficacement contre leurs déprédations? Ils viennent en compagnie, au nombre de quatre à six, et leur vol d'un jour ne vous touche point; mais s'ils arrivaient en troupe dix fois plus nombreuse et dix jours de suite, ne finiriez-vous pas par trouver qu'il y a abus? Et ne seriez-vous pas d'avis qu'il peut être bon aussi de leur donner la chasse à eux, qui la donnent si bien aux fruits de la terre, destinés d'abord à celui qui prend la peine de les faire venir?

Les écureuils n'aiment point qu'on les traque et qu'on les recherche; cela se conçoit. Le chien, qui les a découverts sur une branche, et qui fait mine de vouloir arriver près d'eux en grimpant aussi à l'arbre, leur cause de vives alarmes. Ils sentent en lui un ennemi; le danger leur semble imminent. Celui qui se voit ainsi en mauvaise passe s'élance tout au bout de la branche contre laquelle il s'était serré et cramponné de toutes ses forces, et saute sur l'arbre voisin, mais le chien le suit.

Si la poursuite a lieu dans une avenue ou le long d'un chemin bordé d'arbres, dès que la petite bête arrive au dernier, elle manifeste son impatience et sa colère par des cris et des trépignements, son désespoir en s'arrachant les cheveux, non, en se chiffonnant la tête avec les pattes de devant. Médor tient bon, le toutou s'est piqué au jeu : il reste à sa proie attaché. L'écureuil alors prend un grand parti : il choisit un point favorable à son dessein, grimpe sur la branche la plus haute entre toutes celles d'où il pourra s'élancer pour se mettre en lieu sûr. Une fois toutes ses dimensions prises, il enfle sa voile, sa queue, voulais-je dire, il élargit les oreilles et... le voilà sauvé.

Médor n'a pu le suivre cette fois dans le bosquet où il se trouve hors de toute atteinte. La chasse à l'écureuil n'est pas celle où brillent le plus nos toutous. Ceux-ci néanmoins sont toujours capables de le faire déguerpir d'un verger, ou de garder contre leurs troupes les champs ensemencés en denrées de leur goût. C'est déjà quelque chose. Pauvre Médor ! il est assez vexé de ne pas rencontrer dans ce rusé petit quadrupède un gibier à sa portée.

J'ai dit que, pour le chasser, les meilleurs tireurs vont deux à deux : le procédé qu'ils emploient doit trouver place ici.

Les deux associés s'en vont au bois, doublement armés d'un fusil et d'un bâton.

Caché derrière un arbre, l'un d'eux se tient prêt à tirer, tandis que l'autre frappe du bâton sur le tronc au pied duquel il s'est placé et dans les branches duquel il s'agit de savoir s'il y a un écureuil. Le bruit produit par le coup de bâton a été répercuté jusque vers la cime. S'il y a là l'animal cherché, la peur le fait bien vite changer de place. Cela n'arrive pas sans que le chasseur aux aguets soit édifié; il vise de son mieux et fait feu.

La chasse intéresse, précisément à raison des difficultés qu'elle présente. Elle amuse surtout en ce qu'on est deux pour se donner la réplique, car les compagnons jouent du bâton et tirent à tour de rôle.

LOIRS ET LÉROTS

LOIRS ET LÉROTS

La nature a donné un pendant ou plutôt des voisins aux rats, et la zoologie leur a appliqué l'appellation générique de *loirs*.

« Nous connaissons, » dit Buffon, « trois espèces de loirs, qui, comme la marmotte, dorment pendant l'hiver : le loir, le lérot et le muscardin. » Cette division répondrait assez à l'autre : rats gris, rats noirs et souris; mais le rapprochement n'offre, au fond, aucun intérêt.

Le *loir* proprement dit, celui dont le nom est devenu proverbial pour désigner un dormeur ou un paresseux, habite notre Midi.

l'Italie, l'Allemagne méridionale; on le trouve également dans certaines parties de la Suisse et dans quelques lieux boisés et montueux de la France. Il est connu, par exemple, dans le bois de Moyeuvre (Moselle) et dans la forêt de la Haie, près Nancy; il a peu de goût pour nos demeures, dont il se tient si éloigné qu'il semble véritablement les fuir.

Il n'en est pas de même du *lérot*, beaucoup trop connu dans le Nord et dans l'Europe tempérée. On le rencontre peu dans les bois, mais il est l'hôte incommode des jardins, le ravageur actif des vergers, dont il mange et gaspille affreusement les fruits. Il s'y trouve si bien qu'il s'y multiplie parfois outre mesure; alors, il entre effrontément jusque dans nos maisons. Son habitat ordinaire est un trou de muraille.

Le *muscardin*, plus sauvage, est aussi

plus rare. Comme le loir, c'est un habitant des bois. C'est une exception que d'en voir

Fig. 12. — Le loir.

dans les jardins et plus encore dans les maisons.

Relativement aux proportions du corps,

le loir rappelle assez l'écureuil; il a, comme lui, toute la queue couverte de longs poils, et il la porte avec tout autant d'élégance. Il a pour le moins 30 centimètres de longueur; son poil est gris cendré.

Le lérot est moins développé, car il ne mesure pas au delà de 22 centimètres. Il a, sur les yeux, un trait noir tout à fait carac-téristique, et que ne portent ni le loir ni le muscardin. Sa queue, couverte de poils courts, se termine par un gros bouquet de poils longs. Le manteau est d'un gris roux sur le dos et blanchâtre sous la gorge et le ventre.

Le muscardin n'est pas plus gros que la souris, dont il a les yeux brillants. Il est de couleur blanche sur le dos et plutôt jaunâtre que blanc dans toutes les parties inférieu-res du corps; il est plus blond que roux, pour bien dire. Sa queue est touffue dans toute sa longueur, mais bien plus encore à son extrémité.

Par la tête, les trois espèces ne se ressemblent point. Le loir et le lérot ne sont pas beaux; « le muscardin est, au goût de Buffon, le moins laid de tous les rats. » Je partage ce sentiment, et je trouve affreux le lérot avec sa grosse tête et ses oreilles relativement longues et épaisses.

Une particularité commune aux trois espèces, c'est une torpeur générale, accompagnée d'un engourdissement des sens et des membres, déterminé par le froid extérieur. La température du sang ne paraît pas être supérieure à 10 degrés au-dessus de zéro, point d'abaissement du thermomètre où l'engourdissement commence. Or, cet état dure autant que la cause qui le produit, et cesse avec le froid.

« Quelques degrés de chaleur au-dessus

de 10 ou 11 », dit Buffon, « suffisent pour ranimer ces animaux; et si on les tient pendant l'hiver dans un lieu bien chaud, ils ne s'engourdissent point du tout; ils vont et viennent, ils mangent et dorment seulement de temps en temps, comme tous les autres animaux. Lorsqu'ils sentent le froid, ils se serrent et se mettent en boule, pour offrir moins de surface à l'air et se conserver un peu de chaleur; c'est ainsi qu'on les trouve en hiver dans les arbres creux, dans les trous des murs exposés au midi; ils y gisent en boule, et sans aucun mouvement, sur la mousse et des feuilles. On les prend, on les tient, on les roule sans qu'ils remuent, sans qu'ils s'étendent. Rien ne peut les faire sortir de leur engourdissement qu'une chaleur douce et graduée : ils meurent lorsqu'on les met tout à coup près du feu; il faut, pour les dégourdir, les approcher par degrés. »

Le froid étant la seule cause de leur engourdissement, il arrive parfois que, pendant la saison de l'hivernage, ils se raniment

Fig. 13. — Le lérot.

pour se mettre à table, soit qu'ils aient à leur
portée des provisions précédemment amas-
sées, soit qu'ils aillent les chercher en quit-
tant leur nid pour quelques heures seu-

lement. Ces réveils ont lieu lorsque la température s'élève à 12, 13, 14 degrés et plus. Dans les années où le thermomètre se soutient ou revient le plus souvent à ces hauteurs, les loirs ne se font faute de victuaille et vivent de leur mieux. Par intervalles, ils dorment de plus belle et font du lard. Alors, ils deviennent extrêmement gras, à la manière des animaux domestiques soumis à l'engrais et qui ne font rien autre : manger et dormir.

Ceci, du reste, est assez ordinaire aux loirs. Aussi les trouve-t-on généralement gras, à moins que, l'hiver ayant été rude et long, l'engourdissement ait été prolongé, auquel cas ils ont vécu sur eux-mêmes, au détriment de la graisse accumulée au bon temps en leurs organes, qui font office de caisse d'épargne.

Ce n'est pas seulement par les proportions

du corps que le loir ressemble à l'écureuil, c'est aussi par les habitudes et par la manière d'être.

Comme lui, lit-on dans les œuvres immortelles de notre naturaliste, « il habite les forêts, il grimpe sur les arbres, saute de branche en branche, moins légèrement, à la vérité, que l'écureuil, qui a les jambes plus longues, le ventre bien moins gros, et qui est aussi maigre que le loir est gras. Cependant, ils vivent tous deux des mêmes aliments : de la faîne, des noisettes, de la châtaigne, d'autres fruits sauvages, font leur nourriture ordinaire. Le loir mange aussi de petits oiseaux, qu'il prend dans les nids. Il ne fait point de bauge au dessus des arbres, comme l'écureuil; mais il se fait un lit de mousse dans le tronc de ceux qui sont creux. Il se gîte aussi dans les fentes des rochers élevés, et toujours dans des lieux secs. Il craint l'humidité, boit peu, et descend rarement à terre. Il diffère encore de l'écureuil en ce que celui-ci s'apprivoise et que l'autre demeure toujours sauvage. »

Le loir produit quatre ou cinq petits; le lérot en donne cinq ou six; le muscardin, trois ou quatre.

Ce dernier, comme le loir, fait son nid sur les arbres, entre les branches d'un noisetier ou dans un buisson. Il le construit d'herbes entrelacées, et ne l'ouvre que par le haut. Les petits l'abandonnent dès qu'ils sont en état de se passer de leur mère, et vont, chacun de leur côté, se gîter dans le creux d'un arbre, ou sous de vieux troncs qu'ils tapissent de feuilles ou de mousse. C'est là qu'ils accumulent leurs provisions, là qu'ils vont se reposer et s'engourdissent au premier abaissement de la température.

Le lérot ne se conduit pas autrement;

mais, de préférence, il prend domicile dans
les trous des murs à l'exposition du midi et
à la plus grande élévation possible du sol.

Fig. 14. — Le muscardin.

Aussitôt que les premiers froids se font
sentir, les lérots se réfugient dans des trous
d'arbres profonds, dans les greniers à foin,
partout enfin où ils peuvent espérer abri et
repos, et ils s'y engourdissent jusqu'à ce

qu'un degré de chaleur suffisant les sorte de leur torpeur. Cette retraite d'hiver est ordinairement choisie avec tant de précaution, qu'il est très difficile de la découvrir et que le hasard seul y conduit. Aussi ne faut-il pas chercher à leur faire la chasse en ce moment, ce serait temps et peine perdus.

« Il est peu d'espaliers, » écrit M. de Norguet, « qui n'aient à souffrir de leur voracité à l'époque de la maturité des fruits. Ils s'attaquent de préférence aux abricots, aux pêches et aux poires, et choisissent toujours les fruits les plus beaux, les plus mûrs. Que de fois le propriétaire d'un potager soigné, chéri, s'est vu déçu dans ses plus sûres espérances en trouvant un beau matin les abricots dont il était le plus fier à moitié rongés, ses plus belles poires horriblement mutilées !

« Les lérots sont communs, dans les vergers où se trouvent de vieux pommiers troués, et sur les espaliers dont les murs leur offrent des crevasses. Comme il ne terre pas, l'animal cherche toujours sa retraite à une assez grande distance du sol.

« C'est, du reste, un grimpeur excellent; tout endroit lui est accessible. J'en ai vu un, poursuivi par une fouine, grimper avec une agilité singulière jusqu'à l'extrême sommet d'un orme très élevé, et ne s'arrêter que lorsqu'il fut arrivé sur une branche assez mince pour ne pouvoir porter le poids de son ennemi. Un autre jour, j'en trouvai une nichée dans un épouvantail, formé d'une croix de paille au haut d'une perche, et posé sur un cerisier. Il s'empare aussi quelquefois des nids de moineaux sur les arbres ou les façades. »

Le loir proprement dit a parfois servi d'a-

liment à l'homme. A voir la façon dont il
se nourrit lui-même, on comprend bien que
la pensée soit venue de goûter à cette ve-
naison. C'est, d'ailleurs, un rapprochement
de plus avec certains rats très comestibles.
Buffon a dit que la chair du loir est « assez
semblable à celle du cochon d'Inde ».

Est-ce là un grand éloge? Je ne sais trop.
« Les loirs, » ajoute-t-il « faisaient partie de
la bonne chère chez les Romains; ils en
élevaient en quantité. Varron donne la manière de faire des garennes de loirs, et
Apicius celle d'en faire des ragoûts. Cet
usage n'a point été suivi, soit qu'on ait du
dégoût pour ces animaux parce qu'ils ressemblent aux rats, soit qu'en effet leur chair
ne soit pas de bien bon goût. J'ai ouï dire
à des paysans qui en avaient mangé qu'elle
n'était guère meilleure que celle du rat d'eau.
Au reste, il n'y a que le loir qui soit man-

geable, le lérot a la chair mauvaise et d'une odeur désagréable. »

Ces petits rongeurs sont pleins de courage et défendent leur vie jusqu'à extinction des forces. Leurs incisives sont longues et résistantes; ils mordent violemment et tiennent serré entre leurs dents; ils ne craignent ni la belette ni les petits oiseaux de proie; ils échappent au renard qui les recherche, mais qui ne saurait les suivre sur les arbres. Leurs ennemis les plus redoutables sont le chat sauvage et les martres.

FIN.